五行歌集

# 風紋

柳瀬丈子

市井社

# 五行歌集

# 風紋

# 目次

2010

# 寅

群れない
という選択が
磨きあげた
野生の
眼光

数知れぬ
歌の中の　ひとつ
そして
たったひとつの
私の歌

比べない
貶しめない
あなたがあなたであるように
私は私として
ここに在る

立ちはだかる
書籍の城壁を前に
立ちすくむ
無知　無力の
わたくし

くっきりと
地の貌を持つ
早池峰を
ふるさとと呼ぶ
人を羨む

さびしさは
天に向って
結晶する
水晶
方形の涙よ

掌に落ちた
涙一粒
そっと舐めてみる
それは　おまえ自身
しおからい宝石

無防備に
なれるのは
強さか弱さか
あなたの横顔を
見つめている

ポロリこぼれた
独り言でも
ことばは
誰かに届くことを
希っている

遠花火
音なく消えて
いま　君が
振り向く前に
云うべきことば

炎熱に
うなだれている
夏草に
キスジアゲハが
無心に産卵している

尾花は　何を
匿うたか
否、否と
夕闇に
揺れるばかりで

待つこと
—草の呼吸で
—木の呼吸で
—石の呼吸で
逸《はや》る私の呼吸の荒さ

つむじ風と
手をつないで
渦巻きながら
天をまさぐる
蔓草の指

いち早く秋を聴くのは
削ぎ立った
けものの耳
天を指す
樹々の梢

「肩刺せ　裾刺せ　綴《つづ》れ刺せ」
こおろぎと
ばばさまから
教わった
この歌

「夢」と呼べば
美しい　だが
野望と峻別するものは
何か
渦巻くマグマよ

禁断の木の実
そっと齧るように
娘に甘えてみる
おお、しぶっ！
お互いまだ未熟

匂いのいい花ほど
腐臭もきついという
腐敗も
いのちの営みの
ひとつなのだが

詫びて
済むことでは
ない気がする
同じ時間を
耐える他なかろう

血潮
この腥《なまぐさ》きもの
滾《たぎ》つもの
穢すもの
浄めるものよ

泣き尽したあとの
奇妙な充足
きっと
わたし
微笑んでいるだろう

この世で眠り
あの世で覚める
そこは朝だろうか
わたしは　わたしを
覚えているだろうか

2011

卯

樹の声が聞える夜がある

洗うたび
色が抜け
冴えてくる
藍と
いうもの

アクが
コクになるまでの
歳月
人も
酒も

「食べてみなければ
その本質は判らない」
と　男は云う
猫、蛇、鳩、蝶を飼っている
――みんな食べるのだろうか？

みしり
古い家が
嘆息をつく
月が
笑っている

3月11日
午后2時46分
ゆれる　ゆれる　ゆれる
これは一体何だ！
巨大地震発生

見よ　見よ
海が立ち上り
巨大な壁となって
迫ってくる
これは一体何だ！

――言葉を失う――

やっとつながった
電話
おまえが泣いてどうする
相手は気丈に
「大丈夫」と応えているのに

謝れない人がいる
強引に
押し通そうとする心
本当は
弱いからだ

ほうたる　ほたる
明滅しながら
つながったり
はなれたり
狂え　しずかに

この火縄
いくつ
くぐれば
逢える人か
あなたは

掌の中の
君の形見の
弥生土笛
息吹き込めば
底ごもる声

千年は
夢のまた夢
土笛よ哭《な》け
比売　比古の
恋の行方を

夜半に目覚めて
自分の搏動を
聞いていている
いのちの音は
愛《かな》しい

星たちも
いつか
死ぬのだという
青白いリングは
宙《そら》の喪章

打ち水に
ふわりと
白い
蝶が
舞い立つ

蟬の穴
蟬の脱殻
蟬の骸《むくろ》
闌《た》けゆく夏を
法師蟬鳴く

蟻が曳く
蝶のむくろの御柱《おんばしら》
幟旗は光る翅
日に照り映えて
ゆるり　ゆるり

身の裡に
海を抱いて
大地に
這い上ってきた
沓《とお》い記憶

正座して
正論を聞いている
異論はない　が
すこし
さむい

*2012*

# 辰

冴えざえと
空に張られた
冬の弦
りょ りょん りょんと
龍が爪弾く

鉄棒少女
逆上りして
そのまま
空を
歩いている

クラーク博士
『地球幼年期』は
もう終ったのですか？
我々は　いま
どの辺りにいるのですか？

「種《タネ》」というカプセルに
己を封印し
絶対零度の眠りに入る
10億年経ったら目覚めよう
その時此処は、海底だろうか？

いっせいに
卵放つとき
海翳る
珊瑚の子らは
産声立てず

躰の穴
目　鼻　耳　口　肛門
そして　陰陽の門
閉す勿れ
風が濯いでいく

爪を切る
何の寂しさ
鋏の音に
夜が
聴耳をたてている

雨が
森の匂いを
運んできた
机の上の
落葉が湿っている

手放せば　そこから
崩れ始める
たとえば含羞　矜恃
他者への
礼節

光の矢を
弾き返す若葉たち
緑は緑を
超えようとして
濃い息を吐く

青い葉を食べて
青い青いアオムシ
青い葉の中で
眠る
夢も　青いだろうか

私、雑食性
何でも食べる
やみくもにむさぼる
どの色にも
染まらない

脱皮して
蝶になる青虫
脱いでも
脱いでも
私は私のまま

打ち捨てられた
漁網の
饐えた磯の匂い
波が攫っていった
村の記憶

今は　黙って
そばに居よう
結論を急ぎすぎると
小さな答えしか
見つからない

攻めはしない
が
侵されることは
拒む
サボテンは寡黙だ

汲めば汲むほど
溢れ出る泉であれ
惜しめば　むしろ
こころは
涸れる

なかなか発芽しない
どんぐりは
樹になってから
生きる時間に備えて
たっぷりと眠っておくのだ

鳥の眼と
虫の眼を
同時に持とうとして
ぐらり
地軸が歪む

カマキリの
三角形の
緑色の顔の
ケシ粒ほどの眼が
こっちを見ている

―ピナ　バウシュ頌―

踊りは
からだのことば
もどかしく
生まれ昂ぶり
ゆらいで消える

問うな　意味など
まず　踊ろう
踊りながら
互いの鼓動を
聴きとろう

からだの森に
眠っていることば
ひとり　ひとりの
彩と匂い
勁さ　儚さ

踊りなさい
あなた自身であるため
他者を知るため
容易《たやす》く判り合うことは
出来ないと知るため

2013

# 巳

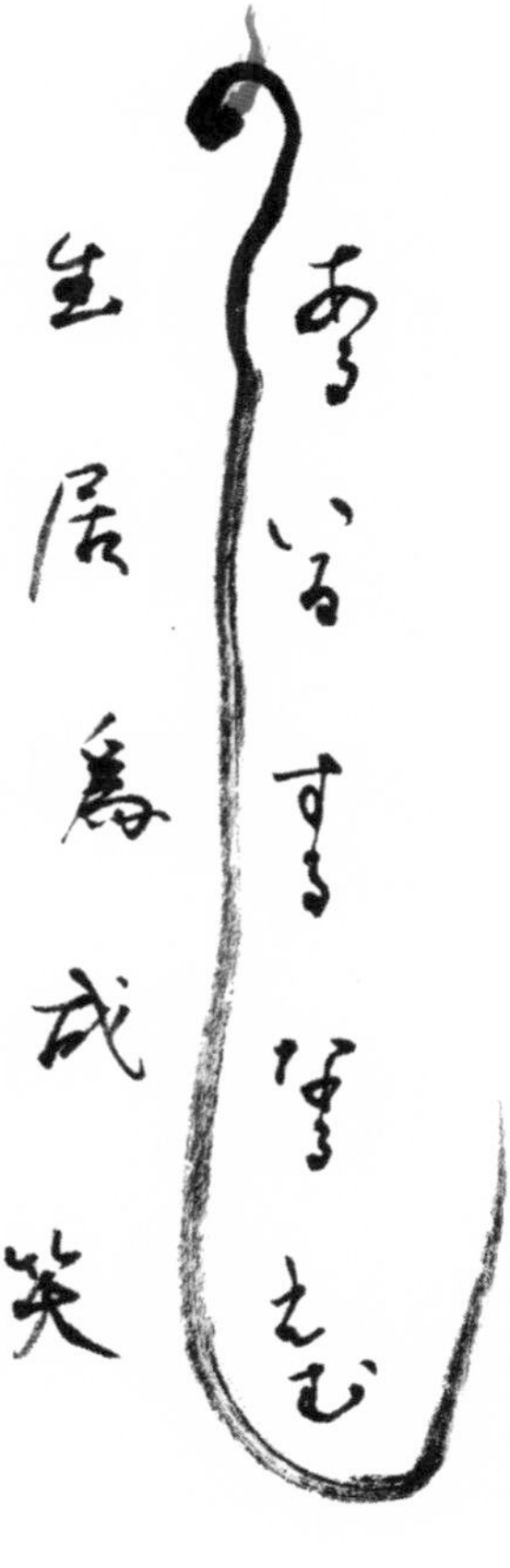

魚鱗きらりと
抗《あらが》う魚
白鷺の喉を
陥ちゆきながら
なおも脈搏つ

淫する　とは
ひとつの決意
果まで行くという
痛い
覚悟

ひらりと
躱したつもりが
ふらりと
よろめいて知る
己の翳り

産む　と
創る　と
何かが違う
内臓膜を通過する
感覚の有無か

はぐれ雲一つ抱いて
所在なげな
昼の月
——闇がなけりゃ
　輝けぬわたしだ

子の置いていった
Tシャツを着て
過す一日
ビートルズなんか
口ずさんでいる

ぬめる若鮎の
キュウリの匂い
すこやかに
水苔の育つ川が
ここに　まだある

アイヌ・母《ハポ》の歌《ウポポ》は
ことばのあめ玉
口の中で転がしていると
おのずとほぐれていく心
意味は分らないままに

ああ　母《ハポ》たちよ
鳥と呼び交わし
熊や狐と
語り合うことばを
持っていた母たちよ

ピリカ・モシリに
サルルン舞い降り
雪と競え
その羽の白さを
舞え舞え　鶴よ

※ピリカ・モシリ…美しい大地
※サルルン…鶴

病院の
ロビーのピアノ
前触れもなく始まる
自動演奏は
ショパンのエチュード

車椅子の
老女が一人
聞くともなしに
音の中で
目を閉じている

道を訊かれて
戸惑う
私も　いま
着いたばかりの
町なので

朝露の径で
巨木に逢う
おお　おお　おお
匂いづけするけもののように
頬ずりする

寝返りをうちながら
より添ってくる頬を
かるく突っつく
君の夢の中に
私は、いますか？

朝の湖面に
音もなく
さざ波が立つ
風が素足で
走ってゆくのだ

それぞれの聖域には
踏み込まず
重ねてきた歳月――
あなたはいつもの手順で
珈琲を滾れてくれる

物欲は薄い方
とはいえ
遊び足りないこどものように
夕暮を前に
駄々をこねている

むじゅんの塊を
火にくべる
残った灰に
水をかければ
じゅおっ　と呻くだろう

現《うつつ》を切り裂く
能管の響きに
誘われ
世阿弥元清
眼前に顕つ

※梅原猛作スーパー能「世阿弥」（演者梅若玄祥）

瞠《みひら》いて
瞠いて
そのまま幻に
魅入られていく
能の玄妙

もっとよく見るために
目を閉じる
――見るべきは
私自身の
現在《いま》であろうが

矢を番《つが》える
矢のような
こころを番える
逸る心に
標的は見えているのか

2014

# 午

若駒の
馳けゆく
大地
天まで
つづけ

空が
身を硬くして
押し黙っている
しんしんと
冷気が降りてくる

500光年の彼方で
君も水を持つ
惑星であるのか
「ケプラー・186f」よ
僕は地球だ

ひとひとひと
しずくする夜
星もない闇の奥から
しずくする声
ひとひとひとひと

※草壁焰太「鬼の子守唄」

裏側の裏側は
表ではなくて
屈折しながら
増殖していく
闇なのだ

その扉から入ったら
世界を全て
逆光で見ることになる
それを
忘れずにいることだ

喚ばわれば
乱反射しながら
還ってくる
谺のひとつに
「ハイ」と返事をする

島々を浮べて
瀬戸内の
海は凪ぎ
くっきりと白く
伸びてゆく航跡

内子　今治　八幡浜
うたうように
義父が唱える土地の名が
ぬくもりを帯びて
地図から立ち上る

ハゼの樹色づき
ハゼの実こぼれ
内子の町に
代々続く
和蠟燭作り

和ローソク灯せば
ゆらぐ記憶よ
義父さんの
ゆかりの人は
もう　誰も　いない

高く低く
ゆらぎ重なる
声の渦
「声明」は
世界を旅してきた祈りなのだ

丘の斜面に
ゆれている
水仙の群落
黄色いおちょぼ口の
春の合唱団

花吹雪
口に舞い込み
花を食べる
狂え
そのまま

花を食べる
飢えているのは
胃袋ではないのだ
罪の匂いごと
花を食べる

気をつけろ
「私はミミズ　ミミズです」
といいながら
傍を通っていくのは
大蛇なのだぞ

「朱に交われば赤くなる」
だが　こちらも既に
無色ではない
何色になるかは
その時次第だ

―植樹―

あの日
津波を踏み耐えた
この桜の老木には
蛇が巻きついていたという
伐るな、ということか

※NPO法人　地球の緑を育てる会
宮脇昭横浜国立大学名誉教授を顧問とする団体の
会員として3・11の被災地への植樹祭に参加する。
四月二十七日　いわき市久之浜　見渡神社
七月五日　宮城県岩沼市　竹駒神社
七月六日　石巻市雄勝町　五十鈴神社

基石だけ残った
仮の社の前で
神楽が舞われ
海風に
幣《ひれ》がはためく

コナラ　スダジイ
シラカシ　ユズリハ
名を唱えながら
手渡していく
三千本の苗木

踏ん張って
崩れる土を抑えながら
タブの苗木を
この地に
手向ける

木を植える
私らの汗を植える
いつか　この荒地が
鎮守の森となる日への
祈りを植える

鳴り響く
神楽太鼓が
空に谺《こだま》し
見知らぬ人と
肩抱き合っている

—猫へ—

凝視する
翡翠の瞳
光が愛撫していく
黒い毛並
居るだけで君は完璧

嗣治と戯れ
栖鳳の目を釘付けに
御舟を虜にして
優雅に立ち去る
――サウイフモノニ
　ワタシハナリタイ

家猫が
かるい鼾を
かいている
おまえには
かなわないよ

# *2015*

# 未

羊雲
三つ四つ浮べて
牧神も
空に
憩うか

新しい学説が
出るたびに
「宇宙」は
微苦笑を浮かべて
伸びたり縮んだりしている

アフリカの森を出て
歩き続けて350万年——
現在《いま》　メタリックな
21世紀の森で
「野生」は行き暮れている

野の花を手向けて
死者を見送ったという
ネアンデルタールの血を
わたしらは　受け継いで
いるのだろうか？

無益な殺し合いは
しない、という
野生の思考
「文明」の荒野に立って
天を仰ぐ

ごぼり　ごぼり
湧きあがる水
ごくり　と咽喉を鳴らして
男が飲む
山は　静かである

正解は一つではない
あるいは
ないのかも知れない
だから
歩き続ける

試合に勝った興奮を
ペダルに込めて
漕ぎ上る夕日の坂道
少年ら五人の
脚力がまぶしい

栗の花
匂う木陰に
ふと　会話途切れて
それぞれのこころを
点検している

見知らぬ人を
見るように
鏡の中の
自分を見ている
　オマエハダレカ?

自分で
自分に
易々と騙されている
思い込みの
怖さ愚かさ

喜々として
騙されに行く
マグリット展
空、鳥、女、男
画家の眼球の中を回遊する

額縁をとび出せば
そこは　リアルか?
美術館という
巨大な箱の中で
自分の眼球を探す

人は容易《たやす》く豹変する
―マイク握った時
ハンドル握った時
権力握った時
コワイよね、お互い

あゝサーカスだ
地球という球《ボール》の上で
70億人のピエロ達が
血の汗流して
地団駄踏んでいる

恥をかき
汗をかき
軀で覚えたものは
一生の宝だ
不器用でいい

樹齢百年の松
どの枝を伐るか
これからの百年を見据えて
庭師は
寡黙である

プツプツ　シュワワ…
樽の中の酵母の呟き
その声、その吐息
杜氏たちは
全身耳になる

眞赤な嘘には
血が滲んでいる
暴くなら
お前も同じだけ
血を流せ

メビウスの輪をめぐりながら
テントウムシが
困惑している
——どこからが裏？
　どこからが表？

ひたむきな心は
時に　傍の人を
傷つけることがある
一途さは
刃に似ているのだ

冬の檸檬
湯舟に浮べ
身を沈めれば
ヒリリと痛む
昼のすり傷

2016

# 申

見る
聞く
云う
そして 笑おうぞ
我らヒト科は

厄介な奴
うっちゃりたい奴
それでも
まつわりついてくる奴
ああ、これは私自身

グンゴドッパ　グゴドパ
鳴り響く獣の革
ドドパ　ドドパ　ドドパ
音よ奔れ
音のまま奔りゆけ

音とことばの間
踏み鳴らす
アフリカの大地
胸裡で鳴る
褐色のシンバル

きらめく
音のしぶきを浴びて
細胞が
ほろほろと
踊りだす

音とことばの間
自分の声を
追いかけて
モンゴル人《びと》は
草原を奔っていく

重力波
十三億年を経て
届いた時空のさざ波
詩の啓示にも似た
かそけきシグナル

宇宙物理の数式
まるで呪文かマシュマロか
それなのに
からだの深奥で
共震している私の細胞（！）

素手で　素足で
直《じか》に触れる大地
素顔で　素裸で
たじろがず
わたしを委ねる

つんつんつくし
だぁれが高い？
わたし、ぼく、おいら
みんなで背伸び
つんつんつん

ノビル　タビラコ　ホトケノザ
足許で
春が
ゆれてる
すみれ　たんぽぽ　いぬふぐり

芽吹くもの
穴を這い出るもの
いのちの吐息充満《みち》て
大地はほんのり
汗ばんでいる

幽翠池に
触れんばかりの
紅しだれの下を
青大将が
ゆらりと消える

花疲れ
土手に坐れば
タンポポの
綿毛散らして
ボールが転ってきた

路地裏から
ワッと湧き出す
シャボン玉
一人遊びの子の
ここは聖域

あの子は　だあれ
柿の木に
跨《またが》って
今日も夕日を見ている
あの子はだあれ？

ドッジボール
転びながら胸で受けた
ケンちゃんのボール
廃校になった
校庭の白い静けさ

鞄をぶつけ合いながら
不意に走り出す
少女と少年
苛立ちに似たそれは
恋かも知れないよ

はじめての胸騒ぎ
「おはよう」の声にも
プイ　と横を向く
少年の
含羞

お手玉をほどいて
おばあちゃんが
作ってくれた
薄いお汁粉の
かすかな甘さ

胡坐をかいた
父さんの膝の間に
すぽんと納まると
背もたれは
あったかい　おなか

つかの間であることを
怖れてはいけない
嘆いてはいけない
丁寧に生きよう
つかの間なのだから

寄り道　裏道　けもの道
踏み迷う
あやしさも　おもしろさも
重ねた歳月からの
贈り物

鹿教湯《かけゆ》の里に
ひっそりと建つ
薬師堂
人もけものも
ここで癒されてきた

溢れ湧く湯は
大地の乳か
心ゆくまで
地母神に
抱かれている

垂れた乳房も
手術の痕も
あえて隠さず
湯舟の中で高笑いする
かつてのヴィーナス達

また十字路に出た
湿らせた指を立てて
風の行方を見る
南東へそよぐ樹の枝
その風にまかせよう

# *2017*

# 酉

黎明を告げる
鳥よ　私もまた
鮮しい声の
ひとつでありたい

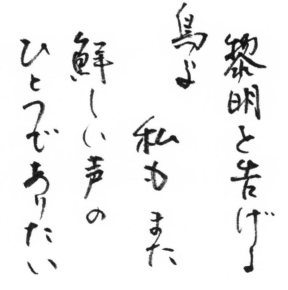

朝まだき
釧路原野の雪原を
舞う丹頂の
吐く息
白し

全てを
削ぎ落し
冬に向って
凛と立つ
欅よ

オパールの中で
ゆら　と
耀《かがよ》う虹は
この地球《ほし》の
火の記憶です

岩を噛み
砕けとび散る
波しぶき
大瀬崎に寄る
海の声

※五島列島、福江島の岬

しゃり　しゃり　しゃり
貝殻を
こすり合せて
あの日の海の
誘《いざな》いを聴く

土が匂う
水が匂う
川が匂う
海が匂う
――春が来たのだ

花の精が
身繕いしている
水面に映る
自分の姿に
見惚れながら

流れながら
出会って
流れながら
別れていく
いのちの河　滔滔

気仙沼のけんか太鼓
肚を据え
地を踏みしめ
天に向って
咆えろ　咆えろ　咆えろ

裸一貫
歩き通して絵を描いて
お日さま　ニコニコ
清《きよし》　ニコニコ
おいしい御飯があればいい

おいで　ここへ
そう　すっぽりと
ぬくといのう
ごくらく　ごくらく
このままねむろう

たくらみを
削ぎ落し
技の極みは
シンプルな像《かたち》　と
おおどかに笑む伎芸天

あぐ　あぐ
むにゅ　むにゅ
舐めまわしながら
赤ちゃんが知っていく
世界の玄妙

まがいものは
許さない　という
幼き者の
まなこを
畏れよ

疚しさが
あいまいに
してしまうのか
記憶というものの
覚束なさ

ふ、と生じた沈黙
受話器の向うの
静かな拒絶
立つ位置の違い
噛みしめている

云いつのる
自分の言葉の中に
取り残されて
あなたを
見失う

吐き戻し
胃液混りの餌を
ヒナに与える
母鳥の瞳は
潤《うる》んでいる

アボカドに
包丁を入れ
くいっ　とひねるとき
殺意のようなものが
むくり　と目覚める

群を出て
ひとしきり風に吹かれて
再び群に戻ると
群の放つ匂いに
気付く

ああ
それは
わたしの
においでも
あったよ

血脈をたどれば
出るわ出るわ
奇人　変人　悪人　戯《たわけ》
おうおう
今宵は酒盛りだ

2018

戌

盲導犬
より添うという
究極のかたちを
君から
学んでいる

バーミヤン
巨像は
虚像か
噴出する情念《マグマ》　それは
人間の業《カルマ》の像か

壊すことの狂気ばかりを
人は云うが
創ることも　壮大な狂気なのだ
どちらも
人を酔わせる

点火したのが
誰であれ
わが裡に火種あれば
赫と
火柱が立つ

――どの土地も異郷
　そして故郷――
と君は呟き
〝世界〟の切れ端を　私に
手渡して歩き去った

故西江雅之氏へ

あ、そこまで　と
画家は筆を措き
余白の部分に
たましいを
遊ばせている

水槽の中を
ミジンコが泳いでいる
痙攣しているような
その動きに
細胞がザワザワする

無響室の中
「静寂」とは違う
無音の異圧に
人はしずかに
狂っていくという

―山で死にたいか
海で死にたいか?―
私、海で、だな。
ふーん、僕もだ。
行きずりの人との不思議な会話

こんな話
一番大切なあなたとは
したことがない
これからも　多分
ないだろう

不幸な
ミス・プリント
例えば〝魂〟と〝塊〟と。
不吉な
予感がする

## ―嵐の中の日々―

五月十四日

弘、緊急入院
青天の霹靂！
敗けてなるものか
奪われてなるものか
固く握る拳

何故もっと早く
気付けなかったのか
こみ上げてくるのは
悲しみよりは
怒りだ

まず敵を知らねば
冷静に
冷静に
少し鈍くあれ
鈍い勁さをこそ！

目をそらして
ほほえむ時
あなたは全て
気付いている　と
知る

ガンと既に
予感しているあなたに
ほんとうを
告げることが
ほんとうに良いのか

五月十六日

採尿、採血の結果と全身のＣＴスキャンの画像を見ながら、二人揃って主治医の説明を受ける。

「組織検査をしないと正確な診断はつきませんが膵臓に怪し気なものがあります。決して楽観は出来ません。ステージ４です。年令、体調からして、我々はメスは、使いたくありません」

…余りの進行の早さにただただ驚く。涙も出ず、不思議な浮遊感。

「いたずらな延命治療は望みません。身体的苦痛を取り除いてもらって穏やかに、自然に旅立ちたい。常日頃、二人でそう話し合って居ります」

少し掠れた声で告げるあなたの横で大きく頷く。

――判りました。と席を立つ医師達。五十代？　いや四十代後半かも知れない。淡々と誠実に病状を語るその言葉、その現実に圧倒されながら、息子世代のようなこの医師達のチームに、大切な人の命を託そうという気持を、自分に確かめている。

「それにしても医者って凄い仕事だな…ま、天命だろう」とポツリ。

「真っ直ぐで清々しい先生達ね、よし、ここでいこう！」

――私が正常でいなければ、私が平静でいなければ、泣いているひまはない。

　こんな時こそ、とびきりの笑顔だ！――

廊下でO先生を呼び止める。

「ステージ4って、今年いっぱいですか？」

「……厳しいですね。六月にヤマ場が来るでしょう。なるべく近くに居て下さい」

この期に及んで
おお
一番華麗で
一番甘美な
嘘を吐いてやる

エンマだろうが
デビルだろうが
かかって来い
舌の根焼き切るほどの
炎をあげて嘘を吐くのだ

9月3日
あなたの誕生日には
ドン・ペリ開けて
盛大にやろうね
先生方もお呼びしようね

孫娘達が見舞いに来てくれて今日は病室に明るい笑い声が溢れる。

一人は大阪から〝ビリケンさん〟と住吉神社のお守を持ってきてくれた。入院以来、娘達夫婦には、本当に助けられている。

五月二十九日

諦めない私は
あなたに苦痛を強いているのか
斗っているのは
あなたの身体なのだ
夫婦は一心同体か？

ようやく和いだ呼吸
つかの間の平穏
つかの間って
永遠と同じね
あなたの瞳の中の空

じりじりと
後退させられていく砦
ああ　せめて
もう少し穏やかな
呼吸をください

――きのう、星が見えた…
――そう…
少しカーテンを開けて
そのまま黙って坐っていた
眼の中の星が滲む

ぷるんと首を振って
魔法よ　かかれ
〝ザギトワちゃんの処へ
マサル君が届いたよ〟
あ、笑ってくれた！

足指でする
ジャンケン遊び
リハビリの先生の手順を眞似て
ゆっくりと五本の指を
揉みほぐす

ジャンケン　グー
開いて　　　パー
もひとつ　　チョキ
歌いながら　あそぶ
このひとときを

大切なこと、もっと話しておきたいこと、沢山沢山ある筈なのに、それなのに――
ジャンケン遊びしながら寝かしつけてしまった―

六月二日

早朝、容態急変の電話。辛うじて間に合ったか。耳元で名を呼び続ける。かすかに動く唇。握った手指が力なくほどける。モニター心電図の波形がゆっくりと消え…

午前七時十九分、終った、終ってしまった……　八十五歳十ヶ月…

たった二十日間の戦争だった。

遺影を前にして
焼香客の問わず語りは
それぞれの別離の像《かたち》
長い長い看取りの果てや
一瞬の事故だったという人や

遺影のあなたは
しずかに微笑んでいる
みんな　私を慰めながら
自分を慰めて帰っていったよ
ああ「死者」という慰藉

ゆらん　ゆらん
ぐりん　ぐらん
揺れている大地
踏みしめても
踏みしめても

西空を灼く
夕日の赫さ
――逝くときは
　誰もがひとり
寂《しず》かな宙の声を聴く

こころよ
こころよ
おまえは
多くを望みすぎて
疲れている

「ざんねんな生きものたち」
私も
ざんねんな私自身を
抱きしめて
今日を生きている

師の歳も父の歳も
越えてしまった——
いまは、三つ違いだった
あなたを越えていこうと
この一日を生きている

放たれて
冬の眞ん中に走り行き
ふ、と立ち止る
犬の背
呼ばずにおこう

2019

亥

不器用ですが
一途です
このまんま
行くほか
ありません

びょう　びょう
びょう　びょう
翻《ひるがえ》る碧い天幕
鳴り渉る
冬の弦

青　青　青
果しない空のキャンバスに
天使がサッと
筋雲を描いて
翔び去る

あの雲は
おじいさんだね
白い顎鬚
しきりにしごいて
風と遊んでいる

ああ　吹き過ぎるものよ
　風の色
　風の匂い
　風の声
風紋　風のあしあと

命なんぞ
捨てた気になったとき
いのちの
真ん中に
坐っている

歩いている
歩いている
自分の爪先だけを
凝視《みつ》めて
一途に歩いている

打ち寄せる波
退いていく潮
せめぎ合う生と死
いのちの渚は
常に泡立っている

9階の病床で聞く
深夜のサイレン
出産か事故か？
生き抜けよ
そのいのち

静寂が戻った
闇の中で点滅する
酸素ボンベのランプが
私の呼吸を
見守っている

斗いを封じられた
斗病――
完治は　ない　が
生きている
生きていく

〝獅子身中の虫〟
とは、これか
決壊した内分泌腺が
自ら鎮まるのを
待つ他はないのだ

うたいながら
私は勁くなる
うたうことは
私を直くする
うたよ　私を磨け

咲き充ちて
極まりで散る
花の舞い
あなたの法要を
春が彩る

よもぎ摘んだ指の
野の匂い
そのまま　そっと
ポケットに
しまう

息継ぎに
途中で休む坂の道
―ホラ、もう少しだよ
黄色いオキザリスが
笑っている

ことばは
松明《たいまつ》
道を照らし
未知を
闢いていく

窯の中
変化自在に
神は舞い
その炎《ひ》の記憶《あと》か
曜変天目

漆黒の肌に
煌めく星紋
一碗の茶は
宇宙を呑む
心地か

手の指は　五本
この手で摑む
わたくしの世界
溢れてこぼれゆくものは
溢れしめよ

繫がるのは
縛るためではなく
響き合うため
抱き合うため
微笑み合うため

夜の街
孤影長く細く
踏みしめて行く
口笛は
闇を裂いて奔れ

抱き締めておくには
力が要る
あなたを　そして
いくつかの
秘密をも

たったひとつの
答えを探してきたが
答えは
たったひとつ
なのだろうか

ことだまを
ゆすってみる
もよら　もよら
その　よいんの　なかに
たたずむ

虹色の蛇を一匹
棲まわせている
いつの日か
私を咬むものよ
いまは、ブレスレットにしている

蛇よ　おまえは美しい
手なづけ難いが
飼主は　わたしだ
夜更けて遊ぶ
ひそかに遊ぶ

牙は
抜いていない
おまえは自由だ
「その日」は
おまえが決めればいいさ

「終り」があるというのは
ひとつの恩寵では
あるまいか
「ありがとう」と
いのちに告げるための

みどり児の
笑いはじける
声の毬
光の中を
ころころころと

蕪　という
素直な　無
どんな味も
大らかに抱き込む
極上の器

黒揚羽
まつわるままに
往く
野の途の
はるけさ

灼けたエノコログサに
低くもつれ飛ぶ
シジミチョウふたつ
子猫がじゃれる
秋の陽キラリ

からからと
乾いた音で鳴る
骨になれるよう
もう少し　ここで
遊んでいよう

潮が引く
足裏の砂を攫って
潮が引く
太古から続く
海の呼吸

東雲《しののめ》を
バラ色に染め
けさの陽が
まぶたを撫でる
さあ　立って　この眩しさの中へ

あ
いやいや
うーん
ええ……?
おお おお

埴輪のひとりごと

跋　うたびとへの道

草壁焰太

うたびとは、真実を語らなければならぬ。その厳しい掟は、私が仮想したものであったかもしれない。私の詩歌運動は、まず基本をそこに置くことであったから、最初、一生懸命に詩歌を貫こうとする弟のような男のために、書いてやってみようかと詩歌を書き始めた柳瀬さんが、いつか私以上に詩歌に真実をあふれさせたことに私は、誇りを感ずる。

魚鱗きらりと
抗《あらが》う魚
白鷺の喉を
陥ちゆきながら
なおも脈搏つ

これがいのちの真実である。ごまかしも何もない。私は神々しいまでのリアリズムだと思う。同時にいのちへの渾身の賛歌でもあろう。しかも、呑む白鷺と呑まれる魚の双方を称えているかのようにも読める。いや、おそらくは陥ちる魚がメインであろうけれど…。

文学は気持ちを歌う。わが気持ち、心を伝える。その心にごまかしがあっては、人にそれは伝わらない。あるがままに歌う。

そういう鉄則を、神のような目で見ている。私は、こういううたびとでありたかったのである。同時に、いつしか、多くの人々と歌を書く仲間となり、こういううたびとを創りたかったのだ。

神々しいまでに真実なうたびとたちを、である。不遜ととる人もいるかもしれないが、神をも畏れぬということは、よいうたびとたちの合言葉のようなものだったと私は感じている。自分の主観が正しい。それがすべてである、と、愚かにも訴えるのである。

ともかくも、この世は、私にはこうだと訴えるのである。

彼女は、最も絶望的な状態にある瞬間の魚の脈動を、いのちの最も輝く時とすこしも変わらないと訴えるかのようだ。動物を歌う時の、彼女の目は神のように鋭く、その激しさや身悶えを羨む。

次の歌は、

淫する　とは
ひとつの決意
果まで行くという
痛い
覚悟

となっている。陥ちても輝けと、人を己を励ますようである。いや、そうでなければ、かがやけないのではないかと言っているかのようにもとれる。神々しいまでに真実なうたびとである。いのちとして生まれた以上は、このように抗う、と見定めたようだ。

彼女は、自身を、詩歌を書くような人間ではないと、最初の頃は思っていた。詩歌は専門ではない、というように思っていた時期があった。私は、彼女の真実が作品に現れてくるのを待っていた。私が飛び上がるような真実を彼女の歌に見るまで、半年もかからなかった。

それでもなお、詩歌に向かう時に、自分が主役とは思わなかったかもしれない。彼女は三十代後半に鈴木健二さんのアシスタントとして有名になった時、家庭の主婦の代表という役割を与えられていたと思う。アシスタントとはいえ有名キャスターは自分自身であるより、招いた人を引き立たせる人であり、招いた人が専門家か、ある事実を知る人である。

しかし、その番組の主役の一人であることは間違いない。しかし、あくまでも司会者である。

もっと自分自身を打ち出していきなさい、と、私はあるとき、忠告したことがあった。その頃はもう科学の記事を書いたり、政府の科学関係の審議会の委員などをしている時だったと思うが、彼女の生来の知的好奇心は、彼女の知識を確かにしていたし、自分自身の世界観を、打ち出して行っていいと思ったからだった。

とくに、詩歌を書くことは、真実そのものでなくてはと思っていたから、そう進めたのであった。

すでに最初の詩集『優しいメフィストフェレス』で、詩の世界では自分自身を打ち出していたが、私に対してはすこし遠慮しているかのように思えたからでもあった。市ヶ谷の外堀通りからＪＲの市ヶ谷駅へ上がる道だったと覚えている。

「そうかしら」と彼女は言った。

その頃から、彼女はほんとうのテーマに立ち向かおうと努力した。彼女には三人の母があった。生母、義母、育ての母の三人であるが、生母は知らなかった。

彼女の詩歌は、その不安定から起こっていたのであろう。詩歌は、気持ちだとすればば…。

彼女は生母を探す旅に出た。それが最初の五行歌集『夜明けの河』(市井社)となった。

夕凪は
母のふところ
と
信じて
みたりする

わたしの
よるべなさを
流れているのは
夜明けの河の
火の匂い

この歌集は、人の遺した母恋の集として、この世を代表するものだと言っていいだろう。彼女がやがて生母を探し出し、昔話をするところまで行ったところも素晴らしいが、ここでは全部を書ききれぬ。

夜明けの河は、ガンジス川であるという。

彼女は旅する人であった。なぜだろう。なぜかわからない。家族も、彼女自身もわからなかったらしい。もちろん、私にもわからない。ともかくも、何かを見たい、風のように知らないところを漂って行きたい。そう思っているかのようであった。

うたびとのなかに、どうしても旅してしまう、という特徴のある人々がいる。西行、芭蕉、啄木、山頭火…、まるで自分のなかにある業を解消するためであるかのように、何かにかられて旅する。

女性なのに、彼女もその一人であった。女性なのにというのは、そういううたびとのなかに、女性はいなかった、か、と思えるからである。それは、人を生み育てる女性の宿命にも反する。しかし、柳瀬さんは子どもたちを生み育てながらそうしたのである。

業なのか？

業であったかもしれないが、ともかくも、旅した。旅は自由への憧れである。ともかくも、彼女は見たかったのであろう。知的好奇心が、押えられなかったのだと思う。彼女の、さまざまな万物に対する興味の深さ、鋭さは、並大抵のものではなかった。それは、すべての歌に現れているといっていい。

二冊目の歌集『風の伝言』は、彼女の旅の途上出合った海、風景、風、動植物、人の真実をとらえたものである。出合ったものすべての真実を書き遺したいと思っているかのようだった。どこから見ても、うたびとの道である。

彼女の三冊目の五行歌集は『波まかせ』で、クルーズの旅で書いた作品を集めたものであった。最後のクルーズはご主人と行った世界一周、百日を超す長旅で、ご主人は歌に出て来ないが、ご主人に捧げるとあった。

彼女は、次の歌集はおそらく最後の歌集となると考え、タイトルも『風まかせ』と決まっていた。そのとおり行くはずであったが、突然、ご主人が病気になり、二〇一八年の「嵐の中の日々」にあるように、発病からたった二十日間で亡くなるという急変があり、彼女自身も病んだ。

「風まかせ」とは言えない状況になった。そのために、この歌集は『風紋』というタイトルになった。この歌集の歌は、一つ一つ語れば、歌集の厚みを越えるものになってしまう。したがって、今の私が好もしく思った歌をあげるにとどめる。

数知れぬ
歌の中の　ひとつ
そして
たったひとつの
私の歌

朝の湖面に
音もなく
さざ波が立つ
風が素足で
走ってゆくのだ

鉄棒少女
逆上りして
そのまま
空を
歩いている

オパールの中で
ゆら　と
耀《かがよ》う虹は
この地球《ほし》の
火の記憶です

土が匂う
水が匂う
川が匂う
海が匂う
——春が来たのだ

うたいながら
私は勁くなる
うたうことは
私を直くする
うたよ　私を磨け

壊すことの狂気ばかりを
人は云うが
創ることも　壮大な狂気なのだ
どちらも
人を酔わせる

もう一つ、最後の埴輪のひとりごともいいが、絵がないとわからない。私は彼女が最後に私たちに贈りたい呟きだろうと思って見た。

# あとがき

砂丘に残された風紋の美しさに比べ、私の足跡の何と不様なことか――しかし繕わず、阿《おもね》らず、素のままの私に対き合う他はない。

実はもう一冊歌集を、との思いは『波まかせ』と同時進行で動き出していたのだが、夫の思いがけない急逝で足踏み。更に自分まで体調を崩して入院。歌集はすっかり頓挫してしまった。そのまま黙って止めても誰も困りはしない。責める人もいない。しかしこれは、私が私にした約束。自分が自分を見ている。きちんと始末をつけてやらねば、私がさびしがる……。

そんな気配をさり気なく掬って、草壁主宰と叙子副主宰が背を押して下さった。

だが、プリントアウトされた歌稿の未熟さに我乍らたじろぐ。これが自分――こうなればもう小細工は無し。悪びれず年毎に老いへと向う自分の姿を、ありのまま記していこう。

――遊びをせむとや生まれけむ――

又歌集作り？　何と壮大な無駄か！　いや、私にとっては眞剣な遊びなのだ。

そうなると、いつも乍ら、お世話になるのは水源純さん、井椎しづくさんはじめ市井社の皆様。お蔭様で何とか形になりました。ただ感謝あるのみです。又、それとなく支えて下さった歌友の皆様方にも心からお礼申し上げます。

二〇二〇年四月

柳瀬文子

追記　十二支のうち子・丑がない？

それは『風の伝言』を承けて寅から始め、自分の干支の亥《イノシシ》で留めました。子と丑はこれからも書き続けるたのしみの為に残してあります。いつ迄も未完成の私なのです。

柳瀬丈子（やなせ たけこ）

1935年東京神田生まれ。早稲田大学文学部国文科卒業。

ＮＨＫの人気番組「こんにちは奥さん」の司会者に起用され、鈴木健二アナウンサーとのコンビで評判をとる。以後各局の生活情報番組、教育番組の司会者、キャスターとして出演。この間、草壁焔太氏主宰の『絶唱』『湖上』『詩壇』及び、新川和江、吉原幸子両氏の『ラ・メール』に参加。1994年『五行歌』同人。

著書に詩集『やさしいメフィストフェレス』（市井社1982年）、訳詩集『プリット』（講談社1984年）詩集『青のブーメラン』（思潮社1986年）、五行歌集『夜明けの河』（市井社1998年）、五行歌集『風の伝言』（同2010年）、五行歌集『波まかせ』（同2018年）がある。

五行歌集《ごぎょうかしゅう》　風紋《ふうもん》

2020 年 4 月 22 日　初版第 1 刷発行

著　者　　柳瀬丈子《やなせたけこ》
発行人　　三好清明
発行所　　株式会社 市井社《しせいしゃ》
〒 162-0843
東京都新宿区市谷田町 3-19 川辺ビル 1F
電話　03-3267-7601
http://5gyohka.com/shiseisha/
印刷所　　創栄図書印刷 株式会社
装　丁　　し づ く


ISBN978-4-88208-172-2

## 五行歌五則

一、五行歌は、和歌と古代歌謡に基いて新たに創られた新形式の短詩である。

一、作品は五行からなる。例外として、四行、六行のものも稀に認める。

一、一行は一句を意味する。改行は言葉の区切り、または息の区切りで行う。

一、字数に制約は設けないが、作品に詩歌らしい感じをもたせること。

一、内容などには制約をもうけない。

## 五行歌とは

五行歌とは、五行で書く歌のことです。万葉集以前の日本人は、自由に歌を書いていました。その古代歌謡にならって、現代の言葉で同じように自由に書いたのが、五行歌です。五行にする理由は、古代でも約半数が五句構成だったためです。

この新形式は、約六十年前に、五行歌の会の主宰、草壁焰太が発想したもので、一九九四年に約三十人で会はスタートしました。五行歌は現代人の各個人の独立した感性、思いを表すのにぴったりの形式であり、誰にも書け、誰にも独自の表現を完成できるものです。

このため、年々会員数は増え、全国に百数十の支部があり、愛好者は五十万人にのぼります。

五行歌の会　http://5gyohka.com/
〒162-0843 東京都新宿区市谷田町三―一九
川辺ビル一階
電話　〇三（三二六七）七六〇七
ファクス　〇三（三二六七）七六九七